당신의 기억은 산호색이다

시인의일요일시집 **015**

당신의 기억은 산호색이다

1판 1쇄 펴냄 2023년 4월 20일
1판 2쇄 펴냄 2023년 11월 7일

지 은 이 이근일
펴 낸 이 김경희
펴 낸 곳 시인의일요일

표지·본문디자인 노블애드
경영지원 양정열

출판등록 제2021-000085호
주   소 경기도 용인시 기흥구 연원로42번길 2
전   화 031-890-2004
팩   스 031-890-2005
전자우편 sundaypoet@naver.com
블 로 그 https://blog.naver.com/sundaypoet

ISBN 979-11-92732-05-3 (03810)

값 12,000원

당신의 기억은 산호색이다

이근일 시집

시인의
일요일

어릴 적 벚나무에 올라 버찌를 따 먹던 기억
이 기억은 지금까지 날 따라다닌다

기억을 오르다 보면 헛디딜 때도 있다
왜곡되거나 꿈인지 생시인지 모를 기억을 밟았기 때문이다
그러나 허방 가지들에도 검붉은 열매는 달리고
쬐그만 이 황홀경을 음미하다 보면 시간 가는 줄 모른다

내게 시 쓰기란 나무 오르기와도 같은 것
몇 번을 미끄러져도 다시 오를 수 있는 것
오르고 올라도 그 끝자락엔 영영 닿을 수 없는 것

차 례

2부   나비를 꿈꾸는 얼굴로

4부 저 생의 극을 향해

1부

알 수 없는 색의 파랑이 일었다

섬

섬에 고립되지 않으려면
물때를 놓치지 말아야 한다

네 마음을 훔치려면
그 순간을 밝은색으로 물들여야 한다

한 사람을 가둔 한 사람이 있었다

같은 자리를 맴돌던 그 집에선
게가 문 거품 같은 것이 흘러나왔다

썩은 몸으로 수백 년 버티던 나무가
끝내 기우는 순간은 언제인가

낮에는 환희가
밤에는 우울이 파도치는 너의 바다

그 어디쯤에서 흔들리는 섬

나는 오늘도 바다에 배를 띄우고
그 섬을 향해 가는 것이다
높고 낮은 파도에 이리저리 휘둘리면서

뱀이 허물을 벗듯
얼굴이 고통에서 벗어나는 순간은 언제인가

빛을 머금은 그 얼굴이
다른 얼굴을 밝게 물들이는 순간은

그건 착각이어라

죽은 줄 알았던 은줄팔랑나비가 강물 위를 난다. 지난밤 꿈결에 스친 이는 당신이 아니라, 당신으로 위장한 채 모질게 살아가는 나였음을. 지금은 모든 경계가 희미해지는 시간. 죽을 것처럼 힘든 그 순간 내게 부드러이 손을 건넨 빛이 있었다. 은줄팔랑나비가 나풀나풀 허공에 긋는 은줄처럼. 혹 그것이 착각일지라도. 다신 돌아오지 않겠다는 높새의 말, 눈물이 마를 새 없다는 강둑 흰명아주의 말, 그리고 내가 그동안 무심코 흘려보냈던 온갖 넋두리에 한 줌 흙이 섞인다. 저기, 잊은 줄 알았던 감정 한 짝이 해진 채로 너울너울 떠밀려 오는 시간. 나는 강물을 보고, 일그러진 내 얼굴을 본다.

당신의 기억은 산호색이다

살구색을 보고 산호를 떠올리다 눈동자가 산홋가지에 걸렸다

산호색과 살구색은 다르듯 산호는 따뜻한 해류가 지나는 바다에 살고 살구는 그보다 더운 바람이 지나는 뭍에서 영근다

우리 사이사이에서 점점 윤기를 잃어 가던 빛, 그 빛으로 어둠을 감춘 얼굴, 그럴수록 선연해지는 허깨비의 춤, 부풀어 오른 구름과 태풍에 밀리고 밀려 우리는 잠시나마 고요한 태풍의 눈에 머무르길 바랐으나

몰랐다 그것이 덫이라는 걸 모진 바람을 피한 대신 새들은 눈에 갇힌 채 수천 킬로미터를 빙빙 돌아야 한다는 걸

산호는 죽으면 골격만 남는다
살구는 죽어도 무르고 무르다

당신 아니면 누가 또 날 기억해 줄까, 이런 생각으로 나는 단단해진 관계의 골격에 살구를 달아 주었다

길 잃은 새 몇 마리가 산호 무덤 위를 선회하는 동안

구름의 증식

우리가 잃어버린 나날이 어느 날 갑자기 몰려와
눈길을 하얗게 물들일 때가 있다

한 마을을 덮친 나비 떼처럼

서로 같은 곳을 바라보며
우리의 눈동자가 빛나던 그 순간

구름들이 몰려오고 있었다

역시 저들은 저들답게
다양한 모양으로 증식하는구나 생각하는 동안

생각 또한 증식하기 시작했다
생각이 많다는 건 착각이 스미기 쉽다는 것
그것은 결국

우리 사이에 오해의 비를 뿌리고

우리는 침묵했다

그사이 우리의 눈동자에선 나비 떼가 걷히고
내겐 또 한 방울의 착각이 스며들었다

그래도 우린 여전히
같은 곳을 보고 있구나 하는

침윤

오래도록 침윤된 길바닥을 바라본다
한 줌 빛조차 스미지 못하고 휘어져 나간 그 폐허의 자리

우리는 함께 그 길을 걷다가
심하게 다툰 적이 있었다 그리고 말없이 각자의 길로 돌아섰
으나

어느 날 너와 나 사이엔
예고도 없이 폭우가 쏟아지고
거기 찢어진 천막 아래 가득 고인 울음은

길고 긴 먹빛 강이 되어 흘러 흘러가고

그날 이후
너로부터 불어온 독설은 모질었고
그칠 줄 모르는 빗줄긴 너무 아리고 차가워
결국 서로에게서 더 멀리 달아날 수밖에 없었다

우리는 저마다 모란꽃 속으로 숨어들었다, 그 속에 고통이 스
멀거리는 줄 모르고
　우리는 깊은 밤 달을 파고 지난 사연을 묻었다, 그것이 온 세상
에 누설되는 줄 모르고

　그사이 강은 비틀린 운명에 휩싸여 소용돌이치고
　이따금 우리의 마음을 쑤시는 찬연한 빛이 쏟아질 때면
　강은 아팠다 그리고 강의 아픔이 먹빛을 걷어 낼 때마다

　속내 모를 알 수 없는 색의 파랑이 일었다, 온종일 너와 내가
울먹이도록

저만치

점점 하얀 벽을 좋아하는 마음과
은연중 하얀 벽을 물들인 꽃물의
거리는 얼마나 될까
누군가 입에서 전해지는 빵 조각의
바삭거림과 말라 가는 곤충의
버석거림의 거리는
가을은 깊어 가고
여기저기서 열매들이 떨어진다
툭 소리와 함께, 혹은
툭 소리조차 내지 못하고
아는 얼굴이 어느 순간
모르는 얼굴이 되어 저만치 멀어지듯
흔들리고 희미해져 가는 저만치를
저만치에 꼭 붙들어 두고 싶은 밤
기생하는 겨우살이와
숙주가 된 느릅나무 사이처럼
좀 더 거리가 좁혀질 때까지

우리는 서로를 미워하고
또 미워했다

파두

당신이 떠오르는 날이면
주위의 모든 색이 옅어졌다

어제는 파랑을 밀어냈는데
오늘은 그 안에서
가만가만 미래를 점치는 사람

빈 소라 껍데기에서 들리는
환상통에 귀 기울이며

아프지 않은 부위를 어루만져도
아픔을 치유하는 손길이 있다고
믿었다

그리고 우리는
서로의 그림자를 사랑한다고

연민에 핀 꽃은 한번 지고 난 뒤

다시는 피어나지 않았다 대신 내 믿음을 저버리고
가시 돋친 말들이 촘촘히 달렸다

고양이가 생선을 물고 달아난 걸
아는지 모르는지
식당 미닫이 너머에선 아까부터
밝은 이야기가 흘러나오고 있었다

가슴속 쌓아 둔 해묵은 미움이
조금씩 풀어지듯이

나는 한동안 그 이야기 속을 서성였다

자수

모든 걸 잊겠다고
외딴섬에 들어간 밤이 있었다

그런 밤은 어김없이
사나흘 묵힌 밥 내음을 흘렸는데

아직까지 그날의 기억에
머물러 산다는 한 사람
그이가 차린 상에선 어떤 냄새가 피어오를까

또 다른 밤엔
괜스레 먹먹해진 가슴에 씹던 밥알을
그대로 뱉어 냈던 기억

한 사람이 한 사람을 등지는 이유는
언제부턴가 내가 날 돌보지 않고
일기를 쓰지 않는 이유와 같을 거라고

이 생각 저 생각 끊어 버리고
한 뭉치 색실을 풀다 보면 덩달아 풀리던 슬픔

그 슬픔으로 가는 줄기의
어느 예쁜 야생화를 수놓을 때까지
그리고 다시 속내를 받아 적기까지

나는 그런 밤들을 견뎠다
나는 그런 밤들을 죽였다

잠에서 깨어
욱신대는 통증을 가만가만 어루만지듯

나는 그런 밤들을

마음

품고 싶은데 품지 못하고 그냥 지나치는 마음. 열고 싶은데 열지 못하고 제풀에 스러지는 마음. 대신 독한 마음 하나 품은 채 낭떠러지로 가는 마음. 봄날 시금치나 미나리를 씹어도 조금도 향을 느끼지 못하는 마음. 불쑥 깃든 기억에 하루 종일 멀미를 느끼는 마음. 오후의 버스에서 흘러나오는 찬송가를 나른하게 흘려듣는 귀가 아닌, 그런 귀를 닮은 마음. 끄덕끄덕 졸다가 그만 한철을 다 보내 버린 마음. 길가에 버려졌다가 다음 날 터진 봉투째 주워 올려진 마음. 죽이고 싶은데 죽이지 못하고 내내 괴로워하는 마음. 그리고 그 괴로움 속에 핀 곰팡이를 상한 우유처럼 품고 있는 마음.

문

오래도록 걸어 잠갔던 문을 조금 열어 둔다. 빛이 좋으니까.
또 수국이 피었으니까. 한 계절 방치한 고장 난 자전거를 어제의
창고에서 꺼냈다. 내일은 내일의 바퀴를 신나게 굴려 봐야지. 내
일의 바람을 따라서. 내일을 떠올리며 손톱을 깨물거나 고개를
꺾는 습관을 버린 지 오래. 어떤 계기로 곡선을 잃어버린 이에게
나풀나풀 강을 건너는 나비의 리듬을 선물하고 싶다. 벽은 문으
로 열리고, 이 벽을 쭉 따라가면 문 대신 사람을 만나게 되리라.
늘 머뭇거리는 사람. 하얀 벽에 다시 하얀색을 칠하는 사람. 내가
잘 아는 사람. 또 내가 잘 모르는 사람. 지금 나는 그 사람을 기
다리는 것이다. 여전히 문을 열어 둔 채로.

2부 | 나비를 꿈꾸는 얼굴로

빈방

밥 먹는데 흰 머리카락이 나왔다
어떤 삶의 순간 달라붙는 물음표처럼

탯줄이 잘리는 순간부터 흘러든 고독은
얼마나 발효가 되어야
숭고한이라는 형용사를 품는 걸까

이 식당 안에는 작은 방 하나가 있다
늙은 주인이 홀로 기거한다는

누군가는 그런 방에서 숨죽여 지내다
아무도 모르게 빈방이 되기도 한다

라디오에서 흘러나오는
얼마 전 죽은 가수의 노래를 듣다가

빈방과 빈방 사이 모퉁이와 모퉁이 사이
오늘과 어제 사이

환한 다리가 놓였으면,
하고 생각했다 안부가 궁금한 이가 언제든
건널 수 있게

애월

모래바람 속을 걸었다. 반드시 걸어야 하는 그 길을. 어둠이 내리고 막 달이 떠오르고 있었다. 꿈처럼 밝고 희미하고 조금 뭉개진. 검은 돌들이 있었고. 죽은 몸을 이고 가는 개미들이 있었다. 거품 문 게들도 보였다. 그리고 나무에 묶인 한 마리 말이 흘리던 냄새. 냄새가 흘리던 고독. 고독이 품은 말. 달빛 아래 집들은 잠들어 있었고. 묘지는 하얗게 깨어 있었다. 죽은 여름이 있었다. 눈앞이 캄캄해졌지만 나는 흔들리지 않고 계속해서 걸었다. 걸어선 안 되고 다다를 수도 없는 그 길을.

것

차마 말할 수 없어
피할 수 없어 눈 감으면

얼룩으로 번져 오는 것이 있었다

수없이 재생된 뒤에야 그것은
더 이상 악몽 아닌 것이 되었다

그래도 여전히 내 주위는
마주하기 싫은 것들로 넘쳐났다

고양이가
잽싸게 어린 새를 물고 달아난다

저공에서 어린것을 좇던 어미 새는
하늘을 찢을 듯한 울음과 함께 붉은 것을 토해 냈다

피 같고, 절규 같고, 칼 품은 독기 같은 것을……

어두워지는 것이 있었고
비가 되어 어딘가로 스미는 것이 있었다

나는 그런 것들을 줄곧 외면해 왔다
하나같이 아프고 비린 냄새 풍기는 것들을

이미 그것들이
내 핏속에 흘러든 줄 모르고

괜찮아, 괜찮아
무심코 누군가를 토닥이다가

크게 베인 적이 있었다

숨바꼭질

난청 앓는 저이의 표정은
드라이플라워를 닮았다는 생각

못다 한 이야기가 있었고
그 이야기 끝에 낱말 하나가 흘러들었다
환한 오해의 불씨 하나가

어릴 때 동생과 숨바꼭질하다가
장롱 안에 숨어들었던 기억
그때 어둠 속 옷가지들 틈에서 두려웠던 건 나였는데
정작 울음을 터뜨린 건 날 찾던 동생이었지

둘이 있어도 혼자라 느낄 때 당신은
더욱 혼자에 빠져드는 사람인가, 아니면
쇠잔한 빛 한 줄기라도 가슴에 끌어당기는 사람인가

분리수거장엔 낡은 장롱이 버려져 있다
옛날이 이다지 눈에 선한데

바로 얼마 전 일이 잘 기억나지 않는 건 왜일까

한 귀로 듣고 한 귀로 흘린 어떤 말은
말들의 이면에 고여 있는 건 아닐까
보이지 않는 곳에 고인 채 숨죽인 것들
다시 불리기를 스미기를 꿈꾸는 것들

꾹 다문 입술이 떨리듯
흐느끼는 소리가 안에서 새어 나오는 것 같았다

한낮의 술래가 된 심정으로
장롱 문을 열자마자
해묵은 어둠이 왈칵 쏟아져 나왔다

침묵

아무래도 지구가 망하려나 봐

쏟아지는 검은 비 보며 그녀가 말했고
나는 산불을 피해 미친 듯이 달아나는 동물들을 떠올렸다

지구의 허파라 불리는 아마존 우림엔
왜 자꾸 불이 나는 걸까*

왜 그리도 그것만을 좇는지
그것 때문에 왜 다른 삶이 검게 그을려야 하는지
나는 묻고 싶었다 검은 비의 배후에게

왜 자꾸 침묵하는지
침묵이 혹 검은 비의 배후는 아닌지
나는 묻고 싶었고 그래서 걸었다

검은 비와 검은 비 사이를

차들이 지나갈 때마다 넘어온 빗물이
인도를 검게 물들였다
인도가 지워지고 발목이 잘려 나간 뒤에도
사람들은 가려던 길을 계속 가고

그렇게 한참을 걸었는데
검은 비와 검은 비 사이에서
결국 나는 아무것도 들을 수 없었다

세상의 대답이란 대답은 모두
비슷한 침묵에 잠겨 있는 듯했다

* 아마존 우림에서는 농경지, 불법 광산 개발 등을 위해 사람들이 일부
러 지른 불로 자주 화재가 일어나고 있다.

꿈꾸는 생

둥긂에 이르려 이르려
물 위에 뜬 날들

매화꽃이 떨어지고
물고기가 된 아이의 눈동자가 스치고

그리고 왁자한 소리와 함께
훅 여름비 내음이 일었지

언젠가 네가 모닥불 앞에서
꿈을 얘기하는 동안

왜 나는 불나방을 떠올렸을까
불 속에 뛰어들기 전
그가 하릴없이 허공에 그리는 나선을

행성을 에워싼 고리의
성분인 먼지나

얼음 따위를

내 어린 날의 천변엔
흙빛 물로 몸을 씻는 아이가 있었다
뻐끔대는 입으로 어떤 괴이한 물고기가 되겠다고

이제는 모두
빛바랜 이야기일 뿐이지만

한때의 여름비 내음처럼

동경

　왕릉에 갔습니다 왕릉은 생각보다 크고 그 곡선은 순한 양 같
아 쓰다듬고 싶은 마음이 절로 일었지요

　그러나 그게 다는 아니어서,

　주위에 하르르 타오르는 목련꽃불이며 환하면서 왠지 서늘한
벚꽃이며 혼령인 양 히죽히죽 노랑 흘리는 산수유에 나는 불안
하게 흔들리고 흔들렸습니다

　그러다 유적 발굴 때의 사진을 발견하곤 한번 그 속에 들어가
유물들을 매만지기도 하고, 파헤쳐진 무덤에 누워 돌고 있는 해
를 바라보기도 했지요 머리가 빙빙 돌 때까지

　눈을 뜨니 웬 아이 하나가 왕릉을 기어오르고 있는 것이었습
니다 그리고 막 내 안에서 뛰어나온 어린 날의 내가 그 뒤를 따라
신나게 기어오르고 있었고요

　거긴 오르면 안 돼

아이를 확 붙드는 목소리 들렸으나 나는 아랑곳없이 혼자 계속 오르고 있었지요

왕릉의 머리에 다다를 때까지, 또 순하고 따스한 그걸 딛고 한 마리 새로 날아오를 때까지

나는 차가운 심장으로

당신은 왜 늘 시든 이파리를 보듬고 살까
웃고 있는 저 가면 뒤 우울은 누가 어루만져 줄까
어떤 혜성이 또 빛을 뿜으며 떨어지게 될까
운명론자는 그 혜성의 꼬리가 아름답다 느낄까
나는 차가운 심장으로 계속 사랑할 수 있을까
어둠을 품은 채 죽어 가는 꽃봉오린 얼마나 고독할까

팥죽

무대 위에서 불을 삼키고 꽃을 피우는 사람. 무대 아닌 곳에서도 무슨 기예처럼 자주 얼굴을 바꾸는 사람. 자신만 돌보다가 다른 사람을 잃게 된 사람. 다른 사람만 돌보다가 자신 돌보는 법을 잊은 사람. 비가 오면 비가 되고 눈이 오면 눈이 되는 사람. 가끔 불어난 눈물 속에서 허우적대는 사람. 자신이 흐르는 줄도 모르고 어디론가 흘러 흘러가는 사람. 꿈을 좇다가 꿈을 잊은 사람과 지금 이 순간 꿈꾸듯이 팥죽을 쑤는 사람. 팥죽 대신 차진 삶을 끓이며 휘휘 젓는 사람.

토마토 먹고 싶다는 생각

당신을 본 지 오래되었다
당신이 불어오는 곳에서
불두화가 하얗게 흔들리고 있었다

죽은 이의 넋을 인도한다는
사찰의 명부전 앞을 오래 서성였다
저녁이 올 때까지

기어이 저녁이 오고
극락왕생도 서서히 저물고

오래되었다 해서
다 흐물거리거나 썩는 건 아니지
돌아오는 길 버스에서 난
죽은 할머니가 보고 싶어
할머니의 기억을 살갗인 양 어루만졌다

그리고 문득

토마토 먹고 싶다는 생각

시간이 갈수록
죽은 할머니 기억 위에서
빨갛게 익어 가는 그 생각,
좀처럼 물크러지지 않던

이 나무

이 나무는 나를 아는 것 같다. 이 나무는 나를 모르는데 그저 아는 척하는 것 같기도 하다. 이 나무는 거무스레하고 언뜻 흰 피톨과 몸부림치는 영혼을 내비친다. 계절을 역행하며 휘몰아치는 눈보라처럼 이 나무는 문경에 다다른다. 아니 문경으로부터 점점 밀려나고 있다. 이 나무는 어쩐지 내 전생을 훤히 들여다보는 것 같고, 또 그런 몸짓을 반복해서 보여 주고 있다. 그런 몸짓으로 내게 무언가 말을 건네고 있다. 침묵에 가까운, 내가 잘 이해할 수 없는 말들을 빈 가지마다 늘어뜨린 채. 나무에서 나무와 나무로 끝없이 재생 중인 이 나무와 나 사이 시간은 잠시 멈춘 것도 같고. 여전히 알 수 없는 몸짓으로 말하고, 밀리고, 휘어지는 이 나무를 나도 이제는 좀 알 것도 같다. 사방에 흩날리는 이 말의 부스러기는 무엇인가. 희끗희끗 내 눈썹에 내려앉은 이 은밀한 비의는.

나비를 꿈꾸는 얼굴로

나비를 따라 길을 나서자
아픈 마음이 조금 환해집니다
꽃 속에서 마주한
신음하는 낙타의 얼굴
잠시 꿀 빨던 나비가 날아오르고
그 나비의 길을 따라
낙타가 꽃 밖으로 걸어 나옵니다
모래바람 속 낙타 혹처럼 배가 불룩한 여자가
터벅터벅 지나가고
여기저기 고통을 잉태한 꽃들이
짙은 향기 내뱉으며 피어납니다
아찔해 그만
눈을 감았다 뜨는 사이
하늘 아득히 솟구치는 나비
그래도 낙타는
보이지 않는 그 어지러운 나비의
길을 갑니다 막막함이
긴 꽃술로 찌르는 동안에도
오직 나비를 꿈꾸는 얼굴로

침잠하는 빛들의 고요를 마신다

1
아지랑이만 소리 없이 뛰노는
죽은 할아버지 방에 들어가 나는 이제 쓸모없게 된 산소통 마
개를 비틀어 남은 속을 비워 내기 시작한다

그러자 산소호흡기를 달고서도 연방 가쁜 숨을 몰아쉬던 할
아버지의
잃어버린 시간이 헉헉 새어 나오고

2
라일락 아래 부러진 꽃가지로 장난질하는 동안
아이들은 이날의 온순한 귀를 잃는다
이날은 이날의 살뜰한 터를 잃어버리고 짙은 고요와 어둠을 거
느린 저녁을 부른다

옆구리에 하나씩 검은 혹을 단 아이들이 집으로 돌아가고

땅에 버려진 꽃들은 침잠하는 빛들의 고요를 마신다 그러고는

제 속을 한없이 투명으로 투명으로 부풀린다

그것들이 시근시근 식어 가며 풍기는 향기가 궁금해
라일락에 기대앉아 꽃잎 한 장 입에 물면

여린 죽음의 냄새를 피우는 그것으로
아릿해지는 혀

꿈은 어디 있습니까

잎이 돌고, 해가 돌고, 소용돌이치는 당신의 말을 따라 내가
돌고 있었다

그리고 잠든 나는 꿈을 꾸면서 꿈을 찾아 사막을 헤맸다

꿈은 어디 있습니까, 허공에 묻는 사이 사막은 돌고 있는 해를
껴안았고 이어 누런 피 흘리며
죽은 낙타를 끝없이 낳고 있었다

나는 곧 피 흘리는 꿈, 죽은 꿈을 목도하게 될까 두려워 달아
났다 멀고 먼 지평선을 향해

그러는 사이 또 잎이 돌고, 말 잃은 당신의 입술이 돌고, 나는
돌면서 빨려들고 있었다

부서진 빛들이 열어 놓은 환멸 속으로

서커스

줄 타는 사람들을 따라가고 있었다

분장도 서투르고 줄 타는 것도 서투른 나는 자꾸 사람을 놓치고
결국 혼자서 줄만 따라가고 있었다

줄은 도시 외곽의 어둠으로 이어지고

어둠 속에서 문득 들리는 그 시절의 엄마 목소리
왜 이렇게 갈증이 나지 하며
연신 마른 숨을 내뱉는

어느새 내 손은 어린 단풍잎만큼이나 작아져 있고
나는 어린 날처럼 엄마 손을 잡고 환한 천막 앞에 서 있는 것
이다

안에서 박수와 환호가 터질 때마다
마치 코끼리처럼 몸을 들썩이는, 여전히 낯설고 매혹적인 그 신
비 앞에

시를 쓰다 잠든 밤

눈을 뜨니 물속이었다
피 흘리는 물고기와 이미지들이 떠다니고

물을 마셔도 마셔도
나는 타오르는 갈증을 느꼈다

3부 |

당신의 눈물 속엔 악어가 산다

독심술

나는 기꺼이 네 그림자가 되어 줄 수 있다
만일 그렇게 되면
네 그림자의 기원은 희생이라는 빛이 될 것이고
그 희생의 기원은 그보다 드넓고 환한
사랑이라는 빛이 되겠지
하지만 아직 나는
네 마음을 잘 모르겠다
그림자 없이도 스스로
충분히 빛날 수 있으리라 믿는 너
그 믿음 바깥에서
네 마음을 헤아리다 지친 나는
돋보기로 빛을 모은다
전혀 해독할 수 없는
상형문자 새겨진 종이가 타오르고
기꺼이 네 마음에 걸려 넘어지려는 각오가
마음속에서 빨갛게 타오르고 있다
그래, 나에겐 지금
독심술이 필요하다
네 마음에 잘 걸려 넘어지기 위한

파리지옥

식물의 그림자에 감정이 묻어났다. 알 수 없는 감정이. 알 수 없는 그날의 상황이. 나는 아직도 모르겠다. 그날 사람들 앞에서 내가 왜 그런 모욕을 당해야만 했는지. 도대체 너는 얼마나 오랫동안 나에 대한 증오를 키워 온 것인지. 혹 언젠가 내가 무심코 던진 그 말 때문이었을까. 이제는 유충 껍질같이 부스러진 말 한마디가 가시 돋친 그날의 네 복수를 키운 것인가. 그렇다 해도, 고작 그 정도 연유로 날 옥죄고 한순간 지옥에 빠뜨린 널 도무지 이해할 수가 없구나. 그런데 저 식물 역시 이런 날 도무지 이해할 수 없다는 표정을 짓고 있구나. 불온한 식물을 보내온 네 저의는 무엇인가. 나는 아직 모르겠다. 매사 물 잘 주고 다독이는 마음으로 살다 보면 전처럼 웃는 낯으로 사람들을 만날 수 있을까. 너와도 다시 아무렇지 않게 지내게 될까. 더는 옥죄거나 지옥에 빠지는 일 없이.

통증

몸속에 눈이 내린다
몸이 항복할 때까지 내리고
또 내리다가
기어이 통증으로 쌓인다

그러다 불현듯
그리움이 눈을 뜬다
하얗고 시큰한 통증 속에서

나는 이 통증보다
그리움 속에 핀 네 웃음이
더 아프다

아이리스

막 피어난 꽃을 바라보다
한없이 작아지는 여자
작아지고
작아지다 점점 투명해지는
그래서 그 꽃의 이면에
그만 갇혀 버린
여자가 있었다
야윈 투명한 손으로
어둠 속을 더듬거리다
말없이 흐느끼는 여자
그 어둠으로 세상의
모든 아름다움을 죽이려는
독기를 품다가
자신의 병든 에고에 물든 채
눈물로
눈물로
하염없이 흘러내리는
그런 여자가 있었다

보랏빛 꽃이
한 아름 피고 지는 동안

침묵

왜 그랬는지 설명할 수 없어서
나는 흘러내렸다

오래도록 고여 있던 물처럼

이런 사정을 이해하지 못하고
너는 지금도
안으로 썩어 들어간 양파처럼
네 생각만을 파고든다

나는 흘러내렸으니
더는 단단한 칼날이 될 수 없을 것이다
썩은 부위를 도려낼 수 없다면

네 생각을 둘러싼 채
침묵할 수밖에
침묵하며 또 고일 수밖에

점점 더 썩어 가는
네 생각을 가만히 들여다본다

아직 모르는 것 같다 너는
푸른 싹이 올라온 것을

백송

달라진 네 눈빛을 보고
그것이 오해라는 걸 깨달았다

식물을 기르다 식물의 습성에 길들여진 나와
동물을 기르다 동물의 습성에 길들여진 네가
만나서

올가미를 씌우고 서로를 길들이려 했다

어떤 날엔 눈을 감아도
보이는 길이 있었다
그 길을 걸을 때마다
발바닥이 퍼렇게 멍들곤 했는데

계속 걷다 보면
달라진 널 만날 수 있었고
능숙한 정원사의 손길로 너는
내 무성한 가지를 잘라 주었지

그러다 갑자기 사라진 길을 보고
이것이 꿈이라는 걸 깨달았다

문장들의 무덤 속에 누운 채

조금씩 자라는
흰 뼈 같은 문장을 쓰고 싶다고
생각했다

물보라

너와 가지 않으려는 마음을
기차라 부를까 기차가 밟고 간 철교라 부를까

너를 강물에 빠뜨리고 싶은 마음을
배꼽이라 부를까 배꼽보다 깊은 싱크홀이라 부를까

네가 죽어야 내가 산다는 말
내가 죽어야 네가 산다는 말

사람들의 말과 말 사이
뜨겁거나 차가운 물이 흘러넘쳤고

나는 보았다 물속에서
서로 할퀴는 날카로운 손톱들을

짙푸른 물갈퀴 달고 빠르게 흩어진 사람들을

그런데 나는 왜 아직

여기에 머물러 있을까

왜 자꾸 물보라 일으키며
혼자 하얗게 부서지는 것일까

균열

내가 기억하는 여름과
당신이 잊어버린 여름 사이

줄에 감긴 채 버둥거리는 포로와
깊은 잠 속을 기어다니는 거미 사이

죽어서 나무가 된 인간과
살아서 인간을 꿈꾸는 나무 사이

오늘도 무심히 원을 그리는 초침 소리와
진창을 겨우 빠져나간 바퀴가 그려 놓은 궤적 사이

잽싸게 손등을 할퀴고 지나간 적의와
가만가만 털을 쓰다듬는 온정 사이

안으로 들어가고 싶어 타오르는 담쟁이덩굴과
밖으로 나가고 싶어 끓어오르는 수증기 사이

내가 기억하는 여름 속에 앉아 휘파람을 부는 당신과
당신이 잊어버린 여름 속을 헤매며 뻘뻘 땀 흘리는 나 사이

밑

나무에 올라 버찌를 따 먹으며

나는 이게 꿈인지 생시인지 궁금했다
내가 왜 다시 아이가 되었는지 이 집은 왜 하나도 변한 게 없
는지

빗방울이 떨어지기 시작하고
부엌에서 언제 나왔는지 모를 할머니는
그만 내려와 밥 먹자 소리치시는데

나는 버찌를 씹다 말고
이러다 이 집에 영영 붙들리겠다는 생각에

긴 사다리를 타고 오르고 또 오르고

사다리 끝엔 흐린 날에도 빛을 발하는
어떤 낯선 세계가 이어져 있고
버찌가 먹고 싶어 침이 고였을 때처럼 나는

그 세계에 들고 싶어 한껏 달아오른 것인데

또다시 밥 먹자는
할머니 목소리가 밑에서 들려와

내려다보면

할머니는 보이지 않고
온통 보랏빛으로 물든 마당이 후득후득 소릴 내고 있었다

내게 무슨 말인가를

폐역에 기차가 들어오고 있었다

기억에서 지워진 것처럼 사람들이 내리고 또 지워지기 싫은 것
처럼 사람들이 올라탔다

내린 사람들 중엔
그를 닮은 듯한 사람도 있었다

강을 따라 막 기차가 떠나가고

나는 강변을 걸으며
십 년 동안 잊고 있던 그의 얼굴을 떠올렸다

그림자들이 강을 건너고 있었고
그 대열에 언뜻 그의 모습도 비쳤다

이따금 물 위로 목 없는 오리가 날아오르고

마른 이파리들이 돌고 있었다
강에 떨어진 쇠락한 빛은 입이 없었지만

내게 자꾸 무슨 말인가를 건넸다

그를 기다린다

그는 오지 않을 것이다

나는 이 사실을 잘 알지만
그를 기다리기로 한다 그를 기다리는 너와 함께

흐린 오후의 공원 벤치
꽃에 날아든 나비를 가리키는 네 손끝엔

혹 그의 소식은 아닐까 하는 마음이 묻어나고

우리는 한동안 말이 없다
뭔가 말을 찾는 대신 나는 네 손을 꼭 움켜쥐기로
여전히 오지 않는, 아니
영영 오지 않을 그를 기다리며

그가 싫지만
그를 기다려야 널 가질 수 있다는 생각은

한 마리 못생긴 고양이가 되고

고양이가 나비를 쫓는 동안
잠시 하나가 된
우리의 손으로 찬비가 들이치기 시작한다

흐리고 진눈깨비

조금만 더, 라는 말에
나는 또다시 움직였다

내가 끝이라고 생각한 지점 너머로

언덕 너머엔
또 다른 언덕이 보이고
언덕을 오르면서
언덕이 되지 못하고 흩날리는 진눈깨비

조금만 더 반짝여,
말할 새도 없이
돌아선 자의 등이 녹아내렸다

보이지 않는 삶
혹은 닥치지 않은 미래에 대한
불안이

나를 흔들었으므로
계속 너의 말을 움켜쥘 수밖에

꽃은 아직 피지 않았지만
검은 가지들이 뜨거워지고 있었고

어디선가 염소 울음이 들리는 것 같았다

무언가 점점 분명해지는 것이 있다고
생각했다

폭염

물이 되지 못한 시간들이
뜨거운 빛으로 광장에 고이고 있었다

나를 아직 찾지 못한 나는
보이지 않는 분수를 떠올리다가
길 잃은 개와 눈이 마주쳤다

그렇게 잠깐 눈으로 대화를 나눴을 뿐인데
들끓는 지난 기억에 가슴이 뛰었다

잃어버린 자신의 이름을 부르는
친숙한 목소리가 들려오는 순간 개가 짖기 시작했다

한나절 그 목소리의 그림자가 날 따라다녔다

묵호

오래도록 품어도 질리지 않는 마음이 있다
거친 바람의 입술에 목을 꺾는 해당화처럼
끝없이 탐하던 마음을 한순간 꺾어 버린 마음도 있다
나는 지금 이 마음 저 마음 사이에서 갈피 못 잡고 시드는
한 마음을 달래 보려는 것이다

등 돌리고 누운 마음을 결국 어쩌지 못해
파도 소리와 함께 뒤척이는 밤

달의 형벌

나는 오늘 한 마리 돼지를 살해했습니다

선홍빛 노을 따라 집으로 돌아오는 길
나는 또 담장 밑 금잔화를 꺾고 말았습니다 조금씩 그 꽃이 시
드는 사이

어둠이 내리고 알 수 없는 독방에 갇힌 나는
악마의 혓바닥만큼이나 검은 냉소를 흘리고 있었지요 혹 이런
날 보았다면 당신은 몸서리치며 한번 더 달아났을 테지요 아마도
나는 그런 당신을 붙들기 위해 거짓말을 함부로 지껄였을 겁니다
그래도 내 혀는 썩지도 않고 단지 부패의 냄새만 잔뜩 풍겼겠지요

그때 방 창문 너머로 달이 떠올랐습니다
이파리 끝에 매달려 사랑을 나누던 불나방 한 쌍이 달 속으로
날아가 환하게 타오르는 걸 바라보다 깜박 잠이 들었던가요

나는 네발 달린 짐승이 되어 달빛 속을 기어가고 있는 것이었
습니다

사방이 온통 꽃천지였어요 악의에 찬 내 질투의 이빨은 백만 송이, 아니 천만 송이 꽃을 죄다 물어뜯고는 그 빈자리마다 당신을 피워 올렸습니다 당신의 입술과 입가에 흩어지던 말들과 그 흩어짐 속에서 쉬 꺾이지 않던 소망을

그러나 금방 나는 좌절하고 말았지요 삶의 고문에 시달린 당신의 입술이 죽은 별들이 부유하는 저 달의 뒤란으로 떠나고 싶다 중얼거렸기 때문입니다
그 말이 아찔해 나는 눈을 꾹 감았습니다

이윽고 눈을 뜨면 나는 당신의 뒤를 따라 낯설디낯선 꽃이 만발한 서천꽃밭을 걷고 있는 것이었습니다

악어의 눈물

당신의 눈물 속엔 악어가 산다
악어는 꼬리를 휘둘러 그림자를 판다
익숙한 함정이지만
나는 그것에 감응하여 그 심연까지 내려간다
깊은 관계가 드리운
또 다른 그림자가 짙다
그 짙음 속에선 독이 철철 흘러나오고
독이라는 걸 알면서도 나는
마치 당신이 살짝 흘린 농담인 양
그것을 받아 마시지
처참히 삼켜 버리고
또 삼켜지고 싶어
내 핏속에 차오른 더 지독한 독으로
당신과 악어 사이를
찰나에 꿰뚫고 말리라

뒤늦게 당신은 눈물을 삼키려 애쓰지만

한껏 벌어진 악어의 입으로 이미 흘러든
내 피는 뜨겁게 들끓고

눈동자

만개한 꽃들 사이 네 눈동자가 빛난다
날 사로잡은 그것은 아름답지만 불순하다
눈동자는 붉은 꽃을 품었고
그 꽃은 피와 비극이 소용돌이치는
우리의 전생을 흘리고 있다
불안하고 간절히 달아나고 싶지만
돌아올 앙갚음이 두려운 나는
여전히 자릴 뜨지 못하고
눈길조차 피하지 못하고
애써 태연한 척 미소만 흘릴 뿐

독

뱀은 꽃을 사랑했으므로 망설였다
더 이상 망설이지 않도록
꽃은 매혹적인 향기 흘리며 제 속을 환히 열어 주었다
마침내
뱀의 머리가 꽃 속으로 기어 들어간다
뱀은 꽃의 마음을 사로잡았다 생각했지만
꽃은 다만 그가 품은 독이 필요했을 뿐이다
그런 꽃의 독기어린 마음에 사로잡힌 줄도 모르고
뱀은 혀로 마음껏 향기를 탐하고 있었다
뜨거운 기운과 함께 머리가 조여들었지만
벌써 여름이 오는가, 그는 생각했다
타오르는 여름이 오기도 전
바짝바짝 꽃이 메말라 가고 있었다

4부|

저
생
의

극
을

향
해

환멸

너무 아름다워
아름답다는 말밖에 할 수 없는 해변을 걸었다

아름답다는 말 뒤로
서로 해선 안 되는 말이 오가고

우리는 그리고 입을 다문 채
붉은 차를 마셨다

빛이 너무 날카로워
블라인드 쳐진 창

네 얼굴에 그림자와
낯선 표정이 드리우고

스미지 못한 붉은 물고기가
유리잔에 파닥이는 동안

생각했다
우리 사이엔 이제
영원한 침묵의 둔덕 같은 게 생겼다고

너의 붉은 손처럼

1
그날의 네 발자국을 좇던 맨발이
간곡한 그리움에 빠지다

천국의 입구를 찾지 못해
연옥을 부유하던 바닷새가
휘청휘청 석양 속으로 날아가고

보이지 않는 너의 발과
젖은 내 발이 굴리는 지구의
하늘은 왜 저토록 깊은 근심의 얼굴인가

물에 쓸려 속을 훤히 드러낸
개의 무덤이
황혼빛에 죽음을 말리는 사이

우리가 기댈 곳은
바닷새가 남긴 저 희미한 궤적이라거나

서로 닮은 쓸쓸함뿐이라 각자 처량히
비틀거릴 수밖에

그럴수록 더욱 벌어지는
우리의 간극을 메우기 위해
우리가 할 수 있는 건
그날의 아름답고 충만했던 이야기를 불러와
터진 주머니에 애써 채워 넣는 일

우리가 가진 그 시간의 주머니에서
자꾸 모래들이 새어 나가
비틀, 비틀 우리는 서로에게서
끝없이 멀어지지만

2
빛나는 꼬리를 달고 날아가는
혜성의 소식을 들은 지 오래,
그 오랜 침묵을 함구하며

오늘도 많은 이들이 삶의 비의를 찾아
책장을 넘긴다지

그러나 희멀건 파도의
책장을 넘기다
바다 끝으로 밀려난 너의 붉은 손처럼

모래톱 위
꿈틀거리는 불가사리 하나

지금 내가 할 수 있는 건
너의 소식을 듣고 답장을 부치듯
그걸 주워 다시 바다로
네게로

잠잠히 띄워 보내는 일

섬

당신의 아픔은
투명하게 자라는 뿔 같다

내가 온 마음으로 어루만지면
그 뾰족한 끝이 내 심장을 찌르고

당신이 떠난 뒤에도
나는 분홍 섬 되어

여전히 자라는 그 뿔을 껴안는다

오랜 시간이 흘러도
당신의 이름은
분홍 아닌 색으로 연안에 얼룩지고

당신이 띄울 돛배 한 척
오직 그 소식만 기다리며

오늘도 종일 눈물 흘리는
나라는 섬이여

분홍이 투명해질 때까지
또 다른 뿔이 될 때까지

그것으로부터

달아날 수 없는 현실이 라벤더 양초에 불을 붙이고 은은하게 향을 피워 올리고 심지 위 너의 동그란 입술을 떠오르게 한다 너는 타오르는 말들을 죄다 삼켜 버렸으므로 그 침묵에 덴 바다가 들끓고 그사이 부서져 내린 꿈과 모래 위 피 흘리는 별들과 아픈 사연이 짙은 향 속으로 밀려 들어온다 그리고 그 향이 신산한 삶을 부드러이 어루만지는 동안 오늘이 가고 또 오고 내게 닥친 또 다른 현실이 라벤더 양초에 불을 붙이고

마치 고양이처럼

여긴 어디일까

이 방엔 밥그릇 하나 덩그러니 놓여 있는데. 희멀건 저것은 우유이거나, 헛꿈이거나.

그런데 나는 누구일까

얼굴을 보고 싶지만 이 방엔 거울이 없다. 거울을 찾으려면 저 방문을 열고 나가야 하는데. 처음 보는 낯설고 기괴한 내 손발은 문손잡이에 닿지 않고

나는 그 흔한 짐승은 아닐 것이다. 고양이는 더더욱. 고양이의 발걸음은 늘 가볍지. 세상의 빈틈을 깁는 바느질만큼이나.

그때 갑자기 방문이 열리고 누군가 내 목덜미를 부드럽게 쓰다듬는다. 나는 밥그릇 속을 핥기 시작한다. 나는 고양이가 아니지만

마치 고양이처럼 울음을 울며

귀향

견디기 힘든 파란을 겪은 뒤 마침내 그가 돌아왔다 죽은 묘목을 안고서

망가진 첨탑 시곗바늘은 그날의 심장을 정확히 겨누고 있었으나
비극을 견디지 못하고 망가진 그의 기억은 나를 비롯해 많은 것을 지웠다 많은 것을 지운 대신

검은 구름과 빈 항아리와 재를 거느리고 있었다

돌아오자마자 그는 죽은 묘목을 품은 채 거리를 누볐고 나는 조용히 그 뒤를 따랐다 왠지 그가 이방인 같다는 생각을 하면서 사위가 점점 어두워지고

가로등이 켜지고 상점이 하나둘 문을 닫아걸고 있었다 나는 그만 집으로 돌아가고 싶었다 폭신한 이불 속에서 사나흘 깊은 잠을 자고 나면 꿈도 기억나지 않을 것이고 옛 우정 따윈 잊을 수도 있겠다는 생각이 스칠 무렵

비가 내리고 있었다

봄비야 봄비가 온다 그는 히죽거렸고 이별의 악수 대신 내게
죽은 묘목을 건넸는데

물을 머금은 채 그것은 파르스름한 빛을 뿜고 있었다

탈피

찬바람이 불던 겨울날 왕릉에 가려다 숲에서 길을 잃었다 우두
커니 선 채 죽은 듯 살아 있는 검은 나무들과 눈 맞추는데

흔들리는 나무들 사이로 나비가 날아들었다

잠시 내 앞에서 어지러운 흰 춤을 추던 나비는 어딘가를 향해
날기 시작했다 이런 날 나비라니 나는 옷깃을 여미고 나비를 따
라 길을 나섰다 나비를 따라가면 갈수록 나는 왕릉에 대한 생각
을 잊었고 자꾸 길을 잃는 듯한 기분에 빠져들었다 한참을 그렇
게 걷다가

놀랍게도 봄꽃을 발견했다 저것은 산철쭉 저것은 복수초 저것
은 황매화 내가 꽃들에 눈길을 주는 사이

나비는 저만치 철문 너머 사라져 버리고

나는 굳게 닫힌 그 철문으로 다가갔다 동해농원이라는 푯
말이 보였고 진한 꽃향기가 안에서 흘러나오고 있었다 노크

하기 전

먼저 나는 두꺼운 외투부터 벗어던졌다

목월빵집

목월빵집 앞에 사람들이 줄을 서 있다

나는 줄을 서기 전 잠시 유리문 너머를 기웃거린다 목월을 찾아서 그러나 목월은 보이지 않고 빵 냄새 같은 그 아우라만 조금 풍길 뿐

빵을 좋아하지 않는 사람은 목월빵집 앞에 줄을 서지 않는다 어제도 오늘도 그들이 지나쳐 간 이 길 밖에는 더 넓고 매혹적인 길이 출렁일 것이고

준비한 빵이 모두 소진되었습니다

줄을 서 있던 사람들이 하나둘 흩어진다 빵을 좋아하지 않는 사람의 뒤를 따르는 사람, 서둘러 다른 빵집을 향해 걸음 옮기는 사람, 빵 대신 하얗게 부푼 목련꽃을 따 가기로 한 사람

나는 끝까지 없는 빵을 좇는 사람이 되기로

없는 빵들이 진열된 목월빵집 앞, 줄을 서자마자 내 앞의 큰 개
가 돌아보며 컹컹 짖기 시작한다

셀리아의 유령

셀리아, 셀리아

셀리아를 부른다. 셀리아는 오르데사에 살던 피레네 산양의 이름. 종족 중 최후에 죽은 이름이자 유일하게 역사에 남겨진 이름.[*]

셀리아, 셀리아, 죽은 셀리아여

셀리아를 다시 한번 불러 본다. 내가 부르지 않아도 기어이 살아 돌아올 셀리아를.

네가 죽기 전 생리학자들은 너의 조직세포를 분리해 냉동보관소에 꽁꽁 얼려 두었지. 어쩌면 복제양 돌리처럼 너보다 더 완벽한 네가 복제될 날이 올지 몰라.[**]

셀리아, 셀리아

내 부름에 응답 없던 셀리아가 셀리아를 부른다. 내 목소리를 따라 떠도는 셀리아의 유령이 아직 태어나지 않은 또 다른 셀리아를 부르고 있다. 부르고 부르고 부르다가 어느새 울부짖고 있다. 깊어 가는

밤의 침묵 속에서

  * 스페인 오르데사 국립공원. 눈 쌓인 나무가 갑자기 쓰러졌고 셀리아는 그 나무에 깔려 죽고 말았다. 그로써 피레네 산양 부카르도는 멸종되었다. (『이코노미스트 2014 세계경제대전망』 참조)

  ** 이 시를 쓰고 난 뒤 뒤늦게 과학자들이 셀리아 복제에 성공했다는 사실을 알게 되었다. 하지만 그의 부활은 오래가지 못했다. 새로 태어난지 얼마 안 되어 호흡 문제로 또다시 죽음을 맞았기 때문이다.

북극에서 온 답장

알 수 없는 저 생의 극을 향해
기차가 떠나가고

편을 갈라 눈싸움하며 뒹구는 아이들

나는 이 진실을 가장한 루어 미끼를
허虛를 가장한 구멍에 물리고선
얼음 위 편지를 쓴다

아주 커다란 검은 해가 떠오른다면,
네가 있는 그 북극의 하늘은 여전히 아름다울까

그러자 늘 헛헛하여 입속에 오물거리는 말들처럼
글씨에서 달아난, 글씨의
지느러미들이 파들파들 떨며 번져 가고

산천어 축제가 한창인 이곳; 언 강을 사이에 두고 자리한 천막
들과

그 사이를 높이 가로지르는 흔들 흔들 흔들다리—
(아 저것으로 너와 나 사이를 잇는다면, 생과 생 사이사이가 흔
들릴 때마다 무진장 빛이 쏟아질 텐데……)

검은 내 영혼이 둥실 떠오른다면
빛을 잃어버릴 우리의 나날은 아름다울까

오랜 시간이 흐른 뒤
시시한 유년의 전쟁놀이에 싫증 난 아이들은 검은 복면 쓴 테러
범이 되고, 그들이 쥔 폭탄은 검은 해를 만들고, 그 검은 해는 또
다른 검은 무언가를 부르고……

미래와 묶인 이 검은 순환의 고릴 끊지 못하고 얼음 속에서 건
져 올린
죽은 산천어 한 마리,

방금 북극에서 온 답장 같은 그,……

익사
— 시, 꿈, 나무토막들

첫째 날 읽기 : 김종호, '회문(回文)[1]놀이', '무심코', 레비나스

"그러니까. 이런 **회문(回文)놀이**를 (……) 하고 싶었다.[2] 이
제 (……) 순서 없이 시집[3]에 대해 말하는 방법을 생각할 때
다."(김종호, 『디포』, 문학실험실, 2016, p.14) 이것은 하나의 고
안이다. "순서 없이", "모든 방향"(앞의 책, p.14)으로 읽기 혹은
말하고 쓰기. 모든 방향은 어떤 방향인가. 방향이 너무 많으면
글이 오리무중에 빠질 텐데. 방향 없음은 어떤가. 애초부터 방

---

1) 여러 의미가 있겠지만 본 해설에서는 '돌고 도는 글'로 정의해 보련다. 편의상 '읽기' 앞
　에 붙인 수사(數詞)를 바꿔치기해도 상관없다. *마음대로 읽으세요!* (이하 경어체 기울
　임으로 표기)
2) 굳이 페이지에 매일 필요가 있을까. 홀수 페이지 순으로 읽기 혹은 짝수만 읽기. 거기
　에 더해 쪽수를 흐트러트려 로또번호 기입하듯 당첨된 순으로 읽기. 그러니 우리 회문
　놀이 하자, 낱낱의 페이지를 제비 뽑아 무순(無順)으로 책상 위에 던지자, 시집에 대
　해 읽고 말하는 방법을 고안하자.
3) 원문 표기는 '시집'이 아닌 '디포'다.

향을 정하지 않고 시작한다면. 그 말이 그 말 아닌가. 가로지르는 방향도 있겠다. 그렇다면 그것은 횡단하는 글쓰기인가. 쓰다 보면 가닥이 잡히겠지. 가닥? 가닥이라니. 무방향이어서 풀어질 것도 없고 갈라져서 나온 데도 없는데 가닥이란 말 역시 부정확하다. 프롤로그를 썼다 지우고 글 얼개를 흐트러뜨리고 다시 그러모아 수습 그리고 n개의 에필로그, 무수한 덧말과 군말들, 수다들, 악머구리들, 허풍들, 중얼거림 혹은 재잘거림 같은. 휴식을 틈타 눈앞에 보이는 책을 **무심코**[4] 집어 들기. 오늘은 우선, 그렇게 시작(없이 시작)하기로 한다.

난데없이 무심코라니. 무심코는 애매하다. 가령 눈길 가는 대로 또는 아무 생각 없이. 네가 "**무심코** 흘려보냈던 온갖 넋두리"(「그건 착각이어라」)라든가 "**무심코** 던진"(「파리지옥」) 혹은 "**무심코** 누군가를 토닥이다가" 끄집어낸 "괜찮아, 괜찮아"(「것」) 따위의 말들이 떠오르는 걸 어쩌지 못하겠다. 나라면 어땠을까. 네가 이전 시집에서 **무심코** 던진 질문들이 떠오른다("당신이 무심코 던진 그 생의 질문", 「질문」, 『아무』). 그 말('생의 질문')을 넌 그저 무심코 던졌을 뿐인데. 그래, 너를 따라 오늘 내가 **무심코** 집어 든 책은 『우리 사이―타자 사유에 관

---

4) 무심코에 주의하길 바란다. 본 해설에 '무심코'는 경중 없이 등장한다. "아무 의미도 없는"(「아무의 그늘」, 『아무의 그늘』, 천년의시작, 2017, 이하 『아무』) 추임새('얼씨구', '좋다') 같은 거랄까. 기침 혹은 한숨 같은.

한 에세이』(에마뉘엘 레비나스, 그린비, 2019)이다.

너는 아직 유한한데

신의 계시 같은 것을 종이에 적어
가슴에 품고 다녔던 때가 있었다
　(……)
그렇다고 더 이상
무슨 말인가를 옮겨 적는 일도 없었고
　(……)
점점 벌어지는 세계의 틈을
그 무엇으로도 메울 수 없을 것만 같았다
　　　—「검은 숲」 부분, 『침잠하는 사람』(기린과숲, 2022, 이하 『침잠』)

무한으로 넘어가려는 몸짓이 등단 이후 네가 쓴 대부분의
시에서 아른거린다. "신의 계시"를 "옮겨 적는 일" 따위는 네
시에서 결코 일어나지 않겠지만 그럼에도 너는 세계의 틈을
무언가로 메울 수 있다고 가끔 착각에 빠진다. 네가 말했듯,
'착각'은 때로 오해의 비를 부른다(「구름의 증식」). 물론 네 시
안에서 '착각'은 증식하지 않는다. 그것을 깨닫는 순간, 곧바
로 침묵에 빠지기 때문이다("착각이" "오해의 비를 뿌리고/
우리는 침묵했다", 「구름의 증식」). 무한으로 넘어가려는 네

몸짓은 사실, 대수롭지 않다. 그저 포즈일 뿐. 오늘도, 어제도, 내일도 탈출을 꿈꾸는 언어감옥의 수인들을 보라! 시인들은 그곳에서 "못다 한 이야기"(「숨바꼭질」)를 속으로 속으로 공글리는 자들인데 어리석게 오촉짜리 희미한 알전구 아래 앉아 오늘도 이것을 꿈꾼다.

무심코, 그러니까 오늘 내 발치께 '아무' 의미 없이, 맥락도 없이 얽혀걸린 책은 에마뉘엘 레비나스의 것이다. 아무라니. 이 무한의 말. 네가 쓴 「아무의 그늘」을 나는 기억한다. 너를 따라, 나 역시 다시금 노크를 하고, "무한을 통한 유한의 촉발(affection)"(에마뉘엘 레비나스, 앞의 책, p.319)에 이르려는 네게 조심스레 말을 건네는 중이다("그래서 나는 다시금 노크를 하고 조심스레 말을 건네는 것이다. 거기 아무도 없습니까. 아무 의미도 없는 말을. 아무가 아무에게.", 「아무의 그늘」, 『아무』). 나는, 네 첫 시집에 해설을 입혔다. 너무나 막연해 어떠한 결말 없이 글을 끝맺고("이를테면 '아무'의 말.", 『아무』, p.93) '아무'를 생각하며 나 역시 무한을 떠올렸던 것 같다. 해설 원고 마지막 구두점을 찍고 다시, '유한세계'로 돌아와 "나는 당신이 모르는 당신에 대해 잘 알고 있다고/ 그 당신에 대해 모르는 당신은 이미 당신이 될 자격을 상실했다고"(「당신이 모르는 당신에 대해」, 『아무』) 잠시 우쭐댔던가. 그래, 오늘은 여기까지! *"준비한 빵이 모두 소진되었습니다"*(「목월빵집」). 첫째 날 이야기 끝.

**둘째 날 읽기 : 황현산, '무심코', '동물들', 마크 도티, 샤피로,
엘렌 식수**

"어떤 시는 **어린 시절의 천진한 기억**을 노래한다. 어떤 시
는 자신의 삶 속에서 후회해야 할 것밖에는 발견하지 못하는
한 성년의 신음 소리를 들려준다. 세계를 움직이는 원리로서의
사랑의 위대한 힘이 **예찬**되는 시구 바로 곁에서 또 다른 시구
는 항상 실망스럽게만 경험하게 되는 사랑의 **환멸**을 말한
다."(황현산, 『아폴리네르―『알코올』의 시 세계』, 건국대학교
출판부, 1996, p.47, 강조 : 인용자) 오늘 **무심코** 집어 든 책은 황
현산의 것이다. 네가 등단하기 10년 전 출간된 저 책은, 특히 위
인용 구절, 근미래에 쓰일 너의 모든 시를 개괄해 보여 준(다고
나는 생각한)다. <어린 시절의 천진한 기억>과 <자신의 삶 속
에서 후회해야 할 것밖에는 발견하지 못하는 한 성년의 신음
소리>가 그것. 나는 그 둘을 '유년시'와 '사랑시'로 좁혀 부르고
싶다. 네 시에서 유년은 손에 잡히지 않아 '환상'이고 사랑은 이
룰 수 없어 '꿈'으로 표기된다. (그래서 유년은 '**예찬**'이고 사랑
은 '**환멸**'인가.) '환상'과 '꿈'은 네 시 양쪽 바퀴와 같고 동시에
시를 끌고 가는 엔진이다. 그리고 동물들.

대부분의 유년시에 등장하는 동물들이 더없이 다정하고 친근한 반면 사랑시에서의 동물들은 쓸쓸하고 신산스럽다. 네가 쓴 사랑시에서 동물들은 울거나("어디선가 염소 울음이 들리는 것 같았다", 「흐리고 진눈깨비」) 휘청거리고("연옥을 부유하던 바닷새가/ 휘청휘청 석양 속으로 날아가고", 「너의 붉은 손처럼」), "물에 쓸려 속을 훤히 드러"(앞의 시)내거나 제 그림자에 갇힌다("악어는 꼬리를 휘둘러 그림자를 판다/ 익숙한 함정이지만", 「악어의 눈물」). 또는 살해당하거나("나는 오늘 한 마리 돼지를 살해했습니다", 「달의 형벌」) 목 없이 날아올라야 한다("이따금 물 위로 목 없는 오리가 날아오르고", 「내게 무슨 말인가를」). 어디 그뿐인가. 낙타는 죽은 채 태어나고("죽은 낙타를 끝없이 낳고 있었다", 「꿈은 어디 있습니까」) 곤충은 버석거리며 마른다(「저만치」). 유년시에서 동물들은 전혀 다른 양상을 보인다. 코끼리는 들썩이고("마치 코끼리처럼 몸을 들썩이는", 「서커스」) 물고기는 뻐끔댄다("내 어린 날의 천변엔/ 흙빛 물로 몸을 씻는 아이가 있었다/ 뻐금대는 입으로 어떤 괴이한 물고기가 되겠다고", 「꿈꾸는 생」). 심지어 새가 된 아이가 왕릉 위로 날아오를 때("왕릉의 머리에 다다를 때까지, 또 순하고 따스한 그걸 딛고 한 마리 새로 날아오를 때까지" 「동경」), 묘지는 놀이공원이 된다.

어쩔 수 없이

"묘사의 일에는 어느 정도의 자의식과 불확실성이 수반된다."(마크 도티, 『묘사의 기술』, xbooks, 2022, p.29) 너도 동의하는바, 동물들을 에두른 각각의 묘사 행위는 그것이 유년으로 향하든 또는 사랑으로 향하든 시인의 내적 상태를 표현하기 위한 하나의 시도이고, "그것을 묘사함으로써 그 순간은 확장되며, (동물들을 경유한 시인 자신의) 시간에 대한 다른 감각이 만들어진다"(앞의 책, p.35). 바꿔 말할 수 있겠다. 우리가 스스로를 동물들에게 내주고(동일시) 앞으로 나아가는 만큼(이입) 세계는 다시 한번 우리에게 제 모습을 드러낼 것이다(대니 샤피로, 『계속 쓰기 : 나의 단어로』, 마티, 2022, p.52). **한편,** 글쓰기를 출산에 비유한다면 자신의 유년으로 향하는 시인들의 펜이 전혀 낯설지 않다("시인 대부분은 자신의 어린 시절을 생생하게 온전한 현재로 유지해 온 보존된 아이들입니다.", 엘렌 식수, 『글쓰기 사다리의 세 칸』, 밤의책, 2022, p.119). 가령 「토마토 먹고 싶다는 생각」은 유년시로 분류되지 않지만 '할머니'와 '토마토' 그리고 '사찰의 명부전'과 '귀가길 버스'가 믹스되면서, *믹스가 문제군요,* 쓰는 너는 물론이고 읽는 나까지 어느 유년의 한때로, 그것은 '**예찬**'이리라, 기억의 수레바퀴를 이동시키고야 만다.

그리고 다른 한 갈래 : 사랑의 **환멸**. 글쓰기를 가리켜 '도착하지 않기'라고 말한 사람은 역시 엘렌 식수이다. "글을 쓰려면 우리는 얼마나 도착하지 않아야 할까요."(엘렌 식수, 앞의 책, p.116) 마찬가지로 사랑을 쓰려면 우리는 실패하고 실패해야 한다. 아니, 도착을 영원히 유예시켜야 한다("사랑의 비겁은 또한 사랑의 용기입니다. 비겁과 용기는 너무 가까워서 대개 교환됩니다. 비겁은 어쩌면 이상하고 복잡한 용기의 길일 겁니다. 사랑은 복잡합니다.", 엘렌 식수, 앞의 책, p.72). 유예의 끝은 환멸이리라. '유년시'와 '사랑시'를 두 축 삼아 네 시집을 견인하는 한 시(「너의 붉은 손처럼」)에 대해 조금 긴 주해를 쓰고 싶었는데 '셋째 날 읽기'로 미루어야 할 것 같다. 그래, 오늘은 여기까지! "*준비한 빵이 모두 소진되었습니다*". 둘째 날 이야기 끝.

셋째 날 읽기 : '무심코', 황현산, '불가사리'/'섬', 앙드레 브르통

'회문놀이'로 시작한 '첫째 날 읽기'를 기억할 것. 시집 해설의 재미없음은 '놀이(파라텍스트)'[5]가 끼어들 틈이 없다는 데에 있고 **무심코** 끼어든다 해도 거스러미 취급당하기 십상이

---

[5] 에피소드 하나를 썼다 지웠다. 편집자의 눈길 때문은 아니고 늘어난 지면 탓에 자체 검열했다. 이렇게 빼도 무방한 파라텍스트들은 언어소각장으로 보내지거나 공터에 버려진다. 미안한 마음을 담아 주석으로 소이연을 남긴다.

어서 발견 족족 편집자는 쳐낼 것이기에 비평가에게 시집 '바깥이야기'로 눈돌리기란 무망한 일이다. 하여, 희망 없이, 그는 그저 쓴다. 이것은 머리 저것은 꼬리, 도마 위 (비평가의) 손길은 엇박자를 모르고 몸통1 몸통2, (시인의) 몸이 정량화된 크기로 잘린다. 가지런한 비평들. 읽고 씖에 '균열'(「균열」)은 사어(死語)가 된 지 오래, 익숙한 포즈로 "내가 기억하는 여름 속에 앉아 (휘 휘) 휘파람을 부는 당신" 얼굴이 보인다. 그곳에서 당신은 희망 없이 편안하고 편안하다. "당신이 잊어버린 여름 속을 헤매며 뻘뻘 땀 흘리는 나"는, 이상하여라, 당신이 부럽지 않다. 당신이 "안으로 들어가고 싶어 타오르는 담쟁이덩굴"이라면 나는 "밖으로 나가고 싶어 끓어오르는 수증기"에 가깝다. "죽어서 나무가" 되려는 당신과 "살아서 인간을 꿈꾸는 나(무)"가 보인다. 우리 사이에 '균열'이 일어난 걸 당신만 모른다. "줄에 감긴 채" 자신이 줄에 감긴 줄도 모르고 "버둥거리는 포로"의 환영을 본다. 당신 모습이다. 나는 거미, 아무도 모르게 "깊은 잠 속을 기어 다니는 (나는) 거미"(「균열」)줄에 걸려 버둥거리는 당신을 본다. 당신은 나로부터 충분히 멀고 나는 떠나온 자리로 돌아갈 마음이 없다. (당신이 눈치챘으면 좋겠다. 나는 방금 비평의 균열을 에둘러 썼다.)

본론으로 들어가[6]

1

그날의 네 발자국을 좇던 맨발이
간곡한 그리움에 빠지다

천국의 입구를 찾지 못해
연옥을 부유하던 바닷새가
휘청휘청 석양 속으로 날아가고

보이지 않는 너의 발과
젖은 내 발이 굴리는 지구의
하늘은 왜 저토록 깊은 근심의 얼굴인가

물에 쓸려 속을 훤히 드러낸
개의 무덤이
황혼빛에 죽음을 말리는 사이

우리가 기댈 곳은

---

6) 본론이라니, 그럴 리가요. 앞서 말했듯 이 글에 '본론'이 있을 리 만무하지요. 본 해설은 오리무중으로 이야기가 오갑니다. 갈지자로 뒤뚱거리는 오리를 보세요. 취소선을 왜 그었겠어요. 꽥!

바닷새가 남긴 저 희미한 궤적이라거나
서로 닮은 쓸쓸함뿐이라 각자 처량히
비틀거릴 수밖에

그럴수록 더욱 벌어지는
우리의 간극을 메우기 위해
우리가 할 수 있는 건
그날의 아름답고 충만했던 이야기를 불러와
터진 주머니에 애써 채워 넣는 일

우리가 가진 그 **시간의 주머니**에선
자꾸 모래들이 새어 나가
비틀, 비틀 우리는 서로에게서
끝없이 멀어지지만

2
빛나는 꼬리를 달고 날아가는
혜성의 소식을 들은 지 오래,
그 오랜 침묵을 함구하며
오늘도 많은 이들이 삶의 비의를 찾아
책장을 넘긴다지

그러나 희멀건 파도의
책장을 넘기다
바다 끝으로 밀려난 너의 붉은 손처럼

모래톱 위
꿈틀거리는 **불가사리** 하나

지금 내가 할 수 있는 건
너의 소식을 듣고 답장을 부치듯
그걸 주워 다시 바다로
네게로

잠잠히 띄워 보내는 일
— 「너의 붉은 손처럼」(이하 「붉은 손」, 밑줄 및 강조 : 인용자)

(먼저 '둘째 날 읽기' 초입에서 언급한 황현산을 기억해 주
길 바란다.) 「붉은 손」은 시집을 관통하는 핵심 키워드('유년'/
'사랑')를 내장하고 있다. 두 개 파트로 이루어져 있는데 1파트
는 '사랑과 슬픔의 볼레로', 2파트는 '그 이후 이야기'이다. 1파
트에 초대된 주자(奏者)는 오로지 '너' 하나뿐, 네가 '유년'을
연주하자 유쾌했던 무대가('그리움', 1연과 2연) 바뀐 주선율
('사랑') 아래 슬픔으로 회오리친다('근심', 3연과 4연). '근심'

은 '사랑의 상실'이 빚은 마음상태이리라. 2파트는 1파트 후일 담인데 1파트에서 키워드로 뽑은 '유년'과 '사랑'을 거점 삼아 진행된다. 2파트는 책상 위(2파트 1연과 2연)와 해변(2파트 3연과 4연)이 주무대이고 책장을 넘기는 '붉은 손'(2파트 2연)과 해변 산책에서 만난 '불가사리'(2파트 3연)가 시공간을 뛰어넘어 자연스럽게 이미지 중첩을 이끌어 낸다.

한편 「붉은 손」은 시어 '불가사리' 덕에 첫 시집에 수록된 「우리는 다른 기차를 타고」(이하 「다른 기차」)와 연동되고 「다른 기차」는 섬을 향해 떠난다는 동일 모티프로 본 시집에 수록된 '섬' 시 두 편과 만난다. 어디 그뿐이겠나. 「붉은 손」은 시어 '이야기'("그날의 아름답고 충만했던 이야기")를 디딤돌 삼아 파편적으로 시집 곳곳을 간섭한다('이야기' 시편들, 「파두」, 「숨바꼭질」, 「꿈꾸는 생」). "물에 쓸려 속을 훤히 드러낸/개의 무덤"(1파트 4연)은 연인들의 종말을 알리는 시그널인데 '개=죽음' 공식은 오히려 첫 시집에 광범위하다. 어떤 나라 개들은 인간의 죽음을 추모하며 밤새 빈소를 지키고(「보이지 않는 장면」, 『아무』) 어떤 개는 구덩이(죽음)를 파거나(「이 생을 견디는 방식」, 『아무』) 아스라한 꿈의 경계에서 제 그림자를 핥는다(「악행」, 『아무』). 깊게 파인 구멍과 흙 묻은 삽자루 옆 빈 개집(「그날」, 『아무』)도 소품처럼 보여 준다. 반면, 「붉은 손」을 제외하면 본 시집에서 개는 길을 잃거나("길 잃은

개와 눈이 마주쳤다", 「폭염」) 컹컹 짖을 뿐이다("내 앞의 큰
개가 돌아보며 컹컹 짖기 시작한다", 「목월빵집」). 이처럼 「붉
은 손」은 전방위적으로 시집을 간섭하고 두드리면서 해체하
거나 뻗어 나간다. *선두에서 시집을 진두지휘하는 핵심 키워
드('유년'/ '사랑')를 기억하십시오.* 「붉은 손」을 수술대 위에
올릴 시간이다. 메스 대신 펜이, 거즈 대신 지우개가.

그리움, 다만 이야기로 남았네

먼저 '그리움'. '바닷새'는 연통(連通/煙筒)이다. 그것은 통지
(連通)이자(기억) 굴뚝[煙筒]인데(환상) 호출된 바닷새가 날
며 네 유년을 비출 때 유년의 전령사는 간단없이 '천국'과 '연
옥'을 오간다. 전령사가 "천국의 입구를 찾지 못해/ 연옥을 부
유"한다. 기억은 닫히고 굴뚝마저 막혀 바닷새는 "휘청휘청
석양 속으로 날아"갈 뿐인데, 그예 "우리가 기댈 곳은/ 바닷새
가 남긴 저 희미한 궤적"이 전부, 눈을 가늘게 떠 보아도 "그
날의 네 발자국을 좇던 맨발"뿐이고 사라진 유년이 다만 이야
기로 남았네. 6연은 곡진하다. "그날의 아름답고 충만했던 이
야기"를 당신은 아는가. '이야기'가 변주한다. "밝은 이야기"(「파
두」)로, "못다 한 이야기"(「숨바꼭질」)로, "빛바랜 이야기"(「꿈
꾸는 생」)로 그렇게 "우리의 이야기"(「조우」, 『침잠』)는 변주
한다.

다시 태어나고 싶어. 내가 말했다. 풀밭에서. 아니, 풀밭이 꾸는
꿈에서.

낮달이 떠 있었고, 낮달 위에는 얼굴이 하나둘 겹치고 있었다.
뭔가 조금씩 다른 표정으로.

당신은 그렇게 계속 태어나고 있었고
이 꿈은 점점 풀밭 내음과 함께 흐드러지고 또 짙어만 가고 있
었다.
— 「풀밭에 물들 때까지」, 『아무』

근심, 다만 이야기로 남았네

이어지는 '근심'. 네 수심이 깊다. 유년의 전령사 '바닷새'가
아직은 살아 석양을 날 때 네 사랑에 조종을 알린 '개'는 무덤
속에 있다. 바닷새는 어쨌든 난다. 날아 "희미한 궤적"을 그리
며 네 유년을 좇는다. 반면 개는 죽어 황혼빛에 자신의 죽음을
말리는 게 전부여서 너는 무력하고 수척한 표정으로 "하늘은
왜 저토록 깊은 근심의 얼굴"이냐고 다만 내게 물을 뿐, 네 발
은 보이지 않고, 아마 떠났으리라. 젖은 내 발이 저 혼자 지구
를 굴린다. 굴리다 굴리다 지쳐 너는 비틀거린다. 아무도 없는

바닷가에 애가(哀歌)가 울린다.

　내 심장에 심어놓은 글라디올러스가 더는 꽃을 피우지 않는다
이제 창공을 찢으며 날아가는 우리의 아름다운 노래를 들을 수
없으므로, 이 없으므로를 적시며 바닷물이 고요히 흘러들고 있
다 너는 없고, 차오르고 또 차오르는 너의 음성만 있으므로 나는
저 있으므로에 앉아 꿀차를 마신다 내 심장 속 달콤한 피의 교향
곡이 울려퍼지는 동안 너의 음성은 음성에서 멀어지고 바닷물은
바닷물에서 멀어져 짜디짠 시간이 된다 불쑥 그 시간 위로 떠오
른 한 척의 폐선이 다시금 밀회 속으로 가라앉고 잠시 뒤 교향곡
이 끊어지면, 사방에 흩어진 내 핏방울이 (……) 하늘가 천만 송이
글라디올러스를 활짝 피우고 글라디올러스가 글라디올러스에서
멀어지는 사이 나는 나에게서 멀어지고 (……) 그 반짝임에서 멀
어져 오직 캄캄한 어둠만을 흡수하고

ー「곰소」 부분, 『아무』

　3연의 '근심'은 '사랑의 상실'이 빚은 마음상태이다. 너는 바
닷가에서 떠나보낸 연인을 그리워하고 있다. 네 얼굴은 수척
하고, 그것은 은유인데, 황혼빛 아래 물에 쓸려 속을 훤히 드
러낸 네 마음이 폐허가 되었다.

'불가사리'(「붉은 손」, 2023)에서 '불가사리'(「다른 기차」, 2017)로

기차가 섬에 닿는 순간 뼈아픈 이별을 겪게 될지 모르지만, 기
차는 질주하고 섬은 멀리서 빨갛게 꿈틀거린다 섬은 미지의 세계
를 품고서 유혹하는 아름다운 **불가사리**, 아니 **불가사의한 꿈**이
아닐까 그 섬은 **우리가 마지막으로 품게 될 꿈**인지도 모르고 기
차가 섬에 닿는 순간 우리의 미래는 빛을 잃게 될지도 모르지만,
기차는 질주하고 우리는 계속해서 떠나고 있다 익숙하고 안온한
그 기차와 우리의 세계로부터

— 「다른 기차」 부분, 『아무』(강조 : 인용자)

「붉은 손」 파트2를 이해하기 위해 우리는 첫 시집(2017)으로
돌아가야 한다. 파트2에 등장한 '불가사리'는 다소 뜬금없어 보
인다. 그것을 파트1과 연계해 받아들이는 방식은 평자마다 다
를 테고 내게도 여러 버전의 해석이 있다. 시집을 압축적으로
보여 준 「붉은 손」 파트1의 키워드가 '유년'과 '사랑'임을 명토
박은 이상, 파트2 해석이 제한적일 수 있음을 감안해야 한다.
그럼에도 상당한 은유를 내포한 '불가사리'는 논쟁을 불러일
으킬 만하다. 추측건대 첫 시집 후반부에 위치한 「다른 기차」
에 누군가 아무도 몰래 비밀파이프라인을 설치한 것처럼 보인
다. 복기해 보면 그것은 오지 않은 미래의 일이고(2023년) 아
직은(2017년) 아무도 모른다. 너는 지금 2017년에 가 있다. 은유

인 줄 알았던("섬은 멀리서 빨갛게 꿈틀거린다 섬은 미지의 세계를 품고서 유혹하는 아름다운 불가사리", 「다른 기차」) 그것("아름다운 불가사리")이, 은유가 아닌 미래의 당신이 바다에 띄워 보낸 '실재하는 불가사리'("모래톱 위/ 꿈틀거리는 불가사리 하나", 「붉은 손」)임을 알게 될 때 독자들은 혼란스럽다. 과거를 향해 "열어 놓은 바닷속"(「다른 기차」)에서 무슨 일이 일어난 걸까. 알 수 없어라. 미래에서 과거로 역진(逆進)하는 시간을 보라. 시간은 은유를 이기지 못할 것이다. '은유하는 실재'('빨갛게 꿈틀거리는 섬')가 꿈틀거린다. (……) 먼 미래에서 온 당신 목소리가 들린다. 그래요, "지금 내가 할 수 있는 건" "그걸 주워 다시 바다로/ (과거 속의 당신에게) 잠잠히 띄워 보내는 일", 그게 다예요. 미래의 해변을 서성이는 당신이 보인다. 당신은 조금 전 아무도 몰래 비밀파이프라인에 실어 바다로 '그것'("불가사리")을 부쳤다. 내가 읽은 「붉은 손」 파트2의 전모다.

"멀리서 (보면) 빨갛게 꿈틀거"리는 섬은 얼마나 유혹적인지, 섬을 향해 "불안한 심리의 기저 위를 쾌속으로" 질주하는 기차가 보인다. "여긴 어디일까"(「마치 고양이처럼」). "그 섬은 우리가 마지막으로 품게 될 꿈인지도 모르고 기차가 섬에 닿는 순간 우리의 미래는 빛을 잃게 될지도 모르지만, 기차는 질주하고 우리는 계속해서 떠나고 있다". "기차가 섬에 닿는 순간 (우리는) 뼈아픈 이별을 겪게 될" 것이다. 아직은 "익숙하고 안온한"(「다른 기차」) 기차 안, 옆 좌석 누군가가 윙크를 건넨다. 브르통이다. *"삶은 다른 곳에 있(습니)다."*(앙드레 브르통, 『초현실주의 선언』, 미메시스, 2012, p.119) 그래, 오늘은 여기까지! *"준비한 빵이 모두 소진되었습니다".* 셋째 날 이야기 끝.

넷째 날 읽기 : '무심코', '환등상자', 베케트, '우물'

본 해설은 내 평소 지론대로 임상실험하듯 쉰네 편 시 가운데 **무심코** 한 편의 시(「붉은 손」)를 수술대에 올렸고 집도 끝에 '유년'과 '사랑'이라는 두 축(형식)이 시집을 지탱하고 있음을 알아냈다. '셋째 날 읽기'에서 「붉은 손」 독해를 시도했다. 『당신의 기억은 산호색이다』에 실린 거의 모든 시가 「붉은 손」을 수원지 삼아 이곳저곳으로 흘러내린다. 다시 언급해 보자. 그 중심에 '유년시'와 '사랑시'가 있다.

'환등상자'(환상)

칠흑 같은 네 눈이 깜박인다. *"여긴 어디일까".* 꼬마병정처럼 발맞춘 누군가의 '유년'이 지나간다. *"얼굴을 보고 싶지만 이 방엔 거울이 없다. 거울을 찾으려면 저 방문을 열고 나가야 하는데. 처음 보는 낯설고 기괴한 내 손발은 문손잡이에 닿지*

않고"(「마치 고양이처럼」) "아찔해/ 눈을 감았다 뜨는 사이"(「나비를 꿈꾸는 얼굴로」) "가로등이 켜지고 상점이 하나둘 문을 닫아"건다. "나는 그만 집으로 돌아가고 싶"(「귀향」)다. 밤이다. **무심코** 고개를 돌리니 '디포[7]'(김종호)가 보인다. "순식간에 밤이 내려왔다. 나는 심술궂은 아이처럼 송곳으로 밤의 커튼에 구멍을 풍풍 뚫었다. 밤의 커튼이 출렁거렸다. 뚫린 구멍에 손가락을 집어넣고 헤집었다. 구멍이 더 커졌다. 툭 튀어나온 눈깔을 들이밀어 구멍을 들여다봤다. 구멍 뚫린 밤의 커튼 안쪽은 낮도 아니고 밤도 아니었다. 낮이면서 밤이었다."(김종호, 앞의 책, p.13) 시간이 사라진 환등상자구나. 분명 내 유년인데, 아니면 너의 유년인가, 낯설고 낯설어 "이러다 이 집에 영영 붙들리겠다는 생각에"(「밑」) 다시 **무심코** 고개를 드니 베케트의 손가락이 보이고 손끝에서 하얀 액체가 흘러나온다. 환등상자 내벽에 그가 쓴다. "다른 한 장소에서, 처음에는 미지의 인물로 있다가, 점차 조금씩 예전의 모습을 그대로 찾아가는 나를, 그런 나를 발견하는 것이고, 그런 나를 잃어버리는 것이며, 사라지는 것이고 다시 시작하는 것을 의미하니까, 그러니까 두려워할 필요가 없는 거야."(사뮈엘 베케트, 『이름붙일 수 없는 자』, 워크룸프레스, 2016, p.26) 처음에는 미지의 인물로 있다가 발견하고 잃어버리고 사라지고 다시

---

7) '디포'는 무엇인가. 소설에 견주건대 사소하지만 소중한 그러나 지금은 사라지고 없는 '무엇'이다(김종호, 『디포』, p.9-10).

시작하고. 어쩌면 그게 유년을 비추는 환등상자의 작동논리는 아닌지. (임무를 마친 김종호 씨 퇴장, 베케트 씨 퇴장.) 그 순간, "왜 나는 불나방을 떠올렸을까/ 불 속에 뛰어들기 전/ 그가 하릴없이 허공에 그리는 나선을// 행성을 에워싼 고리의/ 성분인 먼지나/ 얼음 따위를" 왜 떠올렸을까. (속엣말 하기.) "이제는 모두/ 빛바랜 이야기일 뿐"(「꿈꾸는 생」)인걸. 환등상자에서 눈을 떼니 아직 한낮, 나는 무얼 본 걸까.

'우물'(꿈)

몸을 구부리면 고요하고 검은 물결 위 흰 망령처럼 백합 한 송이 떠 있고, 꿈이로구나, 죽은 오필리아 슬픈 표정으로 너를 본다. 두레박을 내리자. "품고 싶은데 품지 못하고 그냥 지나치는 마음. 열고 싶은데 열지 못하고 제풀에 스러지는 마음"(「마음」), 마음들, "셀리아, 셀리아// 셀리아를 부른다 (……) 셀리아를 다시 한번 불러 본다. 내가 부르지 않아도 기어이 살아 돌아올 셀리아를 (……) 내 부름에 응답 없던 셀리아가 셀리아를 부른다. 내 목소리를 따라 떠도는 셀리아의 유령"(「셀리아의 유령」). 우물에 두레박을 더 깊이 내리세요. 두레박에 실려 오르내리는 지난 네 '사랑'이 보인다. 그녀들, 오필리아처럼 검은 물에 떠 있는 그녀들, 잠 같고 꿈 같은 그녀들.

잠 속에 너는 없었고
대신 두 개의 꿈이 놓여 있었다

나는 그 사이를
천천히 건너기 시작했다

꿈과
꿈이
자라는 소리를 들으며

그러다 한순간 꿈들이 침묵해 버리고

한 번 눈을 감았다
뜨면

아주 어둡고 깊은 협곡이
내 앞에 놓여 있었다

— 「협곡」 부분, 『아무』

　잠도, 꿈도, 그녀도 우물 같다. "한 번 눈을 감았다/ 뜨면" 우
물 밖, 다시 눈감으면 우물 안, "어떤 날엔 눈을 감아도/ 보이는
길이 있었다/ 그 길을 걸을 때마다/ 발바닥이 퍼렇게 멍들곤

했는데// 계속 걷다 보면 달라진 널 만날 수 있었고 (……) 그러다 갑자기 사라진 길을 보고/ 이것이 꿈이라는 걸 깨달았다"(「백송」). "그런데 나는 왜 아직/ 여기에 머물러 있을까/ 왜 자꾸 물보라 일으키며/ 혼자 하얗게 부서지는 것일까"(「물보라」). 스톱! 「붉은 손」 '사랑시'편 주해는 이것으로 충분하지 않나요. "죽은 줄 알았던 은줄팔랑나비가 강물 위를 난다"(「그건 착각이어라」). 퍼렇게 멍들고(「백송」) 하얗게 부서질지라도(「물보라」) 은줄팔랑나비가 나폴나폴 허공을 향해 난다. "잊은 줄 알았던 감정 한 짝"(「그건 착각이어라」) 찾으러 너울너울 은줄팔랑나비가 난다. 멍들겠지요, 부서지겠지요, 잊혀지겠지요, 사라지겠지요. 우물로 뛰어든 익사 직전, 당신의 얼굴을 본다. 아니, 우물에서 건진 사랑하는 당신 얼굴을 본다. 그래, "영영 오지 않을 그를 기다리며"(「그를 기다린다」) 이 글을 쓴다. 알고 있는지, 네가 쓴 '사랑시'들을 우물에 장사 지내고 남은 건 열망과 동경뿐. 우물은 닫혀 있고 연인들은 드물게 하늘을 본다. 그래, 오늘은 여기까지! "준비한 빵이 모두 소진되었습니다". 넷째 날 이야기 끝.

다섯째 날 읽기 : '꿈', 루이 아라공, '무심코', 블랑쇼, 레비나스

앞서('넷째 날 읽기') 일종의 장치이기도 한 '환등상자'(환상)와 '우물'(꿈)에 네 시를 거칠게 분류해 담았다. 시작은 「붉은 손」이었다. 파트1을 거점 삼아 시집을 요약했고 기억 저편에 '유년'이 이편에 '사랑'이 위치함을 알아냈다. '유년시'(「숨바꼭질」, 「꿈꾸는 생」, 「동경」, 「서커스」, 「밑」)가 다섯 편임에 반해 '사랑시'는 특정할 수 없을 만큼 시집에 고르게 분포돼 있고 뿐만 아니라 대부분의 '유년시'를 간섭한다. '유년'은 '환상'이나 '상상'으로 갈무리되고 '사랑'은 '꿈' 그 자체다. 꿈은 얼마나 느슨한지 잠 속으로 환상도 곧잘 불러들이고 몽상이나 공상으로 종종 치환된다. 때로 그것들은 분류 불가능할 정도여서 꿈인 줄 알았는데 아직 한낮이고(몽상) 환상이라 생각했는데 이중의 꿈(꿈속 환상)으로 펴져 나간다. 예컨대 이런 식이다.

"**어두운 계단. 세계를 꽃피우게 하는 것은 바로 당신이다**(루이 아라공)."[8]

i)
잠든 나는 **꿈을 꾸면서 꿈을 찾아** 사막을 헤맸다
꿈은 어디 있습니까
— 「꿈은 어디 있습니까」 부분(강조 : 인용자, 이하 인용시 지면 제약으로 연갈이 무시)

---

8) 루이 아라공, 『파리의 농부』, 이모션북스, 2018, p.131

ii)

어떤 날엔 눈을 감아도

보이는 길이 있었다

그러다 갑자기 사라진 길을 보고

이것이 꿈이라는 걸 깨달았다

— 「백송」 부분

iii)

나는 이게 꿈인지 생시인지 궁금했다

— 「밑」 부분

iv)

세상은 피를 식히라고

꿈을 건너

이곳에도 폭설을 내리게 하는데

— 「폭설」 부분, 『아무』

v)

두 개의 꿈이 놓여 있었다

나는 그 사이를

천천히 건너기 시작했다

꿈과

꿈이

자라는 소리를 들으며

그러다 한순간 **꿈들이 침묵해 버리고**

—「협곡」부분,『아무』

꿈을 꾸면서 꿈을 찾는가 하면(i) 깨달음이 꿈과 동격으로 오기도 하고(ii) 때로 경계에 이웃하거나(iii) 꿈 저편에서 이편으로 건너오면서(iv) 급기야 복수의 꿈을 꾸기도 한다(v). 네 시에서 '꿈'은 전방위적이다. 오늘 **무심코** 집어 든 책은『우정』, 블랑쇼가 말한다. "혹은 그가 꿈을 꾼다는 것을 알면서 잠을 깨지만 다시 그 꿈과 완전히 똑같은 꿈속이다. 다시 말해, 꿈을 꾸다 깨어나지만 다시 꿈이고 또다시 꿈인 것이다."(모리스 블랑쇼,『우정』, 그린비, 2022, p.245) 도식화해 보자. (최초의) 꿈—(잠에서) 깸—(깬 줄 알았는데) 꿈. 이 셋은 이종(異種)이 아니다. 셋 다 '꿈'이다. 이명처럼 남도민요가 블랑쇼의 꿈속으로 파고든다. "꿈 깨이니 또 꿈이요 깨인 꿈도 꿈이로다."(「흥타령」)「흥타령」은 정확하게 블랑쇼와 일치한다.「흥타령」때문이리라. 타령조에 실려 ~~쇄도적으로~~ 집어 든 책은 레비나스의 것인데 그가 잠을 위협하는 깨어 있음에 경고장을 날리는 다음 장면은 압권이다. "잠은 깨어 있음에서 벗어나려고 하면서 깨어 있음과 연결되어 있다. 잠은 자신을 위협하는 깨어 있음에, 깨어 있으라는 요구로 잠을 부르는 깨어 있음에 귀 기울인 채로 있다."(에마뉘엘 레비나스,『신, 죽음 그리고 시간』, 그린비, 2013, p.315) 난삽해 보이는데 요지는 간단하다. 그는 지금 민감하다. 자고 싶은데 '깨어 있음'이 이 모든 걸 망쳤다. 물론 잠은 꿈을 부른다. 레비나스가 그 사실을 모를 리 없지. 블랑쇼가 깨어남 없이 꿈에서 꿈으로 이행할 때 레비나스의 잠은 깨어 있음의 가장자리에 머물며 꿈에서 깰까 노심초사한다. 「흥타령」은 사당패의 소리에 실려 오로지 '꿈꿈'거릴 뿐, 그는 꿈 이편을 모른다. 그래, 오늘은 여기까지! *"준비한 빵이 모두 소진되었습니다"*. 다섯째 날 이야기 끝.

여섯째 날 읽기 : 박상순, '무심코', 키냐르, '익사', 엘렌 식수

눈을 뜨니 물속이었다
피 흘리는 물고기와 이미지들이 떠다니고

물을 마셔도 마셔도
나는 타오르는 갈증을 느꼈다

— 「시를 쓰다 잠든 밤」

네 시가 일관되게 꿈으로 향하는 이유를 알 것 같다. 네 시가 "의미의 확산을 통해 무의미를 지향"(박상순, 『마라나, 포르노 만화의 여주인공』, 문학과지성사, 2017, p.92)하기 때문이다. 이런 가정. '의미'에 실리지만 곧바로 탈구되고, 그렇다고 네 시가 '무의미시'는 아닐 텐데, 네 시에 표현만 남는다면. '꿈'은 형식이다. 알 것 같다. 네가 쓴 시 대부분은 "형식이라는 구조적 틀 안에서 이루어진다"(김종호, 앞의 책, p.37). 내 앞에 키냐르가 있다. **무심코** 집어든 책이겠지. "**익사**를 막는 건 물 위에 떠다니는 나무토막이다. 그러나 그 나무토막들은 어떤 육지에도 이르지 못한다."(파스칼 키냐르, 『파스칼 키냐르의 수사학』, 을유문화사, 2023 p.163) 물론 '나무토막'은 기호다. 너를 살리고 그것은 사라질 텐데 너는 알아야 하리라. 그것 덕에 '**익사**'를 면한 것이다. 그것, '그것'은 무엇인가. 키냐르는 그것에게 '나무토막'이란 애칭을 부여했다. 익사자에게 그것은 스티로폼이리라. 네 시에서 그것은 '꿈'이다. 꿈은 꾸고 나면 연기처럼 사라진다. '육지'가 잠의 가장자리라면 눈을 뜬 순간 넌 더 이상 물 위에 있지 않다. 잠에서 깬 손을 뻗어 보지만 **익사**를 돌이킬 나무토막(꿈) 같은 건 세상에 존재하지 않기에 넌 다시 가수면 상태에 빠진다. 눈을 감으며 너는 생각한다. "이게 꿈인지 생시인지……" 잠이라는 "긴 사다리를 타고 오르"는 네 모습이 보인다. "사다리 끝엔" "낯선 세계가 이어져 있고" 넌 "그 세계에 들고 싶어 한껏 달아오른 것인데"(「밑」) 너는 어디로 가려는가. 알겠다. 너는 다른 쪽으로 건너가려고 잠을 잔다. "때로 (……) '다른 쪽으로 건너가려고' 잠을 잡니다. 자발적인 행위죠."(엘렌 식수, 앞의 책, p.171) 식수의 언급은 네 경우와 정확하게 일치한다. 식수의 말을 조금

더 청해 듣기로 한다.

'꿈은 어디 있습니까'

"꿈의 매력은 여러분이 다른 세상으로 옮겨진다는 데에 있습니다. 아니, 여러분은 옮겨지지 않습니다. 이미 그 다른 세상에 '있습니다'. 이미 다른 세상이죠. 전환은 없습니다. 여러분은 꿈에서 다른 세상, 반대쪽에서 꿈이 깹니다. 여권도 없고 비자도 없고, 극도로 낯선 극도의 익숙함밖에 없습니다. (……) 그 낯선 느낌은 절대적으로 순수한데, 이것이 글쓰기에 제일 좋은 것입니다. 낯섦은 환상적인 국적이 되지요."(엘렌 식수, 앞의 책, p.140-141) 식수에 의한다면 네가 시쓰기에 가장 좋은 곳은 꿈속이다. 네 시작(詩作) 비밀이 하나 풀린 느낌이다. 그곳에서 너는 거미[9]가 된다. "깊은 잠 속을 기어다니는 거미"(「균열」)가 된다. 거미가 줄을 뽑아 자신의 집을 짓듯 너는 엎드려 펜을 공글린다. 펜을 놓친다. 소스라쳐 깬다. "깜박 잠이 들었던가요". 너는 네 몸을 본다. 다시 소스라친다. "나는 네발 달린 짐승이 되어 달빛 속을 기어가고 있는 것이었습니다"(「달의 형벌」, 기울임 : 인용자). 펜 놓치는 소리에 깬 줄 알았는데 넌 여전히 꿈속이고 "네발 달린 짐승이 되

---

9) '셋째 날 읽기' 초입을 기억하는지. "나는 거미, 아무도 모르게 "깊은 잠 속을 기어다니는 (나는) 거미.""(「균열」)

어 달빛 속을 기"고 있다. 누군가 잠의 "계단을 (밟고) 내려오는 발소리가 들"(「악연」, 『침잠』)린다. "너는 타오르는 갈증을 느"(「시를 쓰다 잠든 밤」)낀다. 그 '누군가'는 아마 네 시를 읽고 있는 '익명의 독자'이리라. 이 모든 일이 네가 '시를 쓰다 잠든 밤'에 이뤄졌다. 그래, 오늘은 여기까지! "준비한 빵이 모두 소진되었습니다". 여섯째 날 이야기 끝.

일곱째 날 읽기 : 키냐르, '꿈', '무심코', '나비'

인간의 모든 언어는 욕망의 침묵 뒤로 쌓이는 모래톱에 불과하다.[10]

— 파스칼 키냐르

지난밤 꿈속에서 널 만났던가. 너는 꿈속에서 거미 형용이었다. 꿈에서 너는 '낙타'(「꿈은 어디 있습니까」)도 되고 '코끼리'(「서커스」)도 되고 '고양이'(「파두」)도 된다. '산양'(「셀리아의 유령」), '염소'(「흐리고 진눈깨비」), '돼지'(「달의 형벌」)는 덤이리라. '되기'의 끝판왕은 '나비'(「구름의 증식」, 「그건 착각이어라」, 「문」, 「나비를 꿈꾸는 얼굴로」, 「그를 기다린다」, 「탈피」)이다. 그들이 '되어' 꿈속에서 너는 시를 난

10) 파스칼 키냐르, 앞의 책, p.56

다/쓴다. 가령 이런 식이다.

"죽은 줄 알았던 은줄팔랑나비가 강물 위를 난다." "지난밤 꿈결에 스친 이"가 "당신"인지, "당신으로 위장한 채" 살아가는 "나"인지 도무지 모르겠다. "지금은 모든 경계가 희미해지는 시간"(「그건 착각이어라」, 기울임 : 인용자), "나는 간절히 곡선을 꿈꾼다." 나비는 "곡선을 그리며 점점 곡선에 다다르고" 굽이치는 모든 길을 부드러이 어루만지며 그렇게 펄럭이고 펄럭이면서 어디로 가려는가. 비행경로를 이탈한 나비가 강 너머로 사라진다, 사라진다. 나비는 어디로 간 걸까. 네 꿈은 여기서 끝난다. 턱을 매만지며 꿈결에 본 나비의 "빛나는 그 무정형의 삶을" 너는 생각한다. 머리맡 노트가 분주히 움직인다. "곡선이 되면 나는 춤을 추리라. 춤을 추면서 이 무늬를 가볍게 빠져나가리라." 노트를 탁, 덮고 너는 다시 잠에 이른다. 어쩌면 아직 깨지 않은 건 아닐까. 그러니까 꿈속의 꿈속의 꿈속의 꿈속의 ⋯⋯ ~~나는 변태한다, 변태한다~~, 주문 끝에 너는 그토록 흠모하던 '나비'가 된다. 네 방 "벽면에 고정된 격자무늬"(「곡선을 꿈꾸다」, 『아무』)가 낯설기만 하다. '**무심코**'(『파리지옥』)[11] 시계를 보니 5시 49분, 퇴근시간이네. 그래,

---

11) 시집에 5개의 '무심코'가 등장한다. 『당신의 기억은 산호색이다』에 3개(「그건 착각이어라」, 「파리지옥」, 「것」), 『아무』에 2개(「이 거리」, 「질문」). 글 마지막 '무심코'에 굳이 출처(「파리지옥」)를 밝힌 건 시집을 읽고 원고를 작성하기까지 보낸 한 달 반이 파리지옥의 덫에 갇힌 파리 신세와 별반 다름없었기 때문이다. 덫에 걸려 내 몸과 영혼이 서서

오늘은 여기까지! *"준비한 빵이 모두 소진되었습니다". 일곱째 날 이야기 끝.*

히 녹는 걸 속수무책으로 바라봐야 했다. 돌이켜보면 시가 쳐놓은 덫에 아직까지 붙들려 있는 느낌이다. 시를 읽을 때 내장기관이 일으키는 물리적 변화를 나는 모른다. 다만 내가 아는 건, 몸을 집어삼킨 '파리지옥'의 존재감인데 그것은 내가 움직일수록 나를 옥죄고 심연에 날 빠트렸다. 누가 내게 시를 보낸 걸까. 오늘 내게 '파리지옥'은 '이근일'이다("불온한 식물을 보내온 네 저의는 무엇인가. 나는 아직 모르겠다." "저 식물 역시 이런 날 도무지 이해할 수 없다는 표정을 짓고 있구나.", 「파리지옥」).